청소년 마음 시툰

안녕, 해태 3

청소년 마음 시툰

안녕, 해태 3

글·그림 싱고

창비

시와 그림으로 만나는 새로운 시 읽기

시골집 샘가에 오래된 펌프가 있었습니다. 마중물을 붓고 펌프질을 하면 물이 콸콸 터져 나왔습니다. 눈앞이 시원했습니다. 녹물이 나오다가 이내 맑은 물이 나왔지요. 그 물로 쌀도 씻고 빨래도 하고 한여름엔 등목도 하며 자랐습니다. 물을 끌어오기 위해 붓는 마중물처럼 이 책도 '시툰(詩+Webtoon)'이라는 형식으로 새로운 시 읽기의 물꼬를 터 보고 싶은 마음에서 비롯되었습니다.

시를 재구성할 수 있는 방법이 무엇일까? 시를 그림으로 표현하는 '삽화'에서 나아가, 이야기로 꾸려 보면 어떨까? 혹여 '시툰'이라는 형식이 시의 선명함과 보편적인 해석을 방해하지 않을까? 하는 고민을 안고 작업을 진행했습니다. 회를 거듭하면서 그림과 시, 어느 한방향으로 치우치지 않도록 수평을

맞추는 것이 커다란 과제였습니다. 시와 그림이 기찻길처럼 나란히 가거나 교차하면서 제 몫으로 어울리길 바랐습니다.

시, 특히 교과서에 나오는 시라고 하면, 으레 고리타분하게 여기는 경우를 종종 봅니다. 시는 지나간 '옛것'이 아니라, 현재에 생생하게 되살아오기도 합니다. 좋은 시는 타인과 공감할 수 있는 지혜를 주고 우리가 어엿하게 살아가도록 마음을 힘 있게 세워 줍니다.

그런 점에서 청소년들이 시를 친근한 형식으로 만나게 하는 일은 의미가 있습니다. 시를 어렵게 생각하는 청소년들이나 학교를 졸업한 이후 시를 접하지 못한 분들, 교육 현장에서 다양한 방식으로 시를 톺아보고 싶은 분들께 이 책을 권하고 싶습니다.

작가의 말을 쓸 때쯤이면 하나의 이별을 겪습니다. 그것은 물집처럼 웅크렸다가 사라집니다. 한동안 등장인물인 잔디와 해태의 마음에 들어가 살았습니다. 교복 입은 학생이 잔디처럼 보였고, 지나가는 길고양이가 해태처럼 보였습니다. 이들과의 동행은 즐겁고도 괴로운 일이었습니다. 결말을 따로 정해 놓고 진행한 이야기가 아니었기에 잔디와 해태가 저를 이끌고 간 것이나 마찬가지입니다. 여기까지 함께 와 줘서 좋았다고 말하고 싶습니다.

수록을 허락해 주신 시인들께 인사를 올립니다. 성근 부분을 깁고 메워 주신 서영희 편집자님과 묵묵한 응원으로 힘을 주신 김현정 님, 알맞게 틀을 잡아 주신 디자이너 김선미, 장민정 님, 거듭되는 수정을 반영해 주신 이주니 님께 고마움을 전합니다. 결말에 흥미로운 의견을 보탠 북평여고 1학년 이민경 학생을 비롯한 여러 학생에게도 안부를 묻고 싶군요. 친구 j와 반쪽 동욱, 네발 달린 가족 이웅웅과 배호에게도 사랑을 건넵니다.

교과서에 수록된 작품들을 염두에 두고 시를 고르고, 이야기를 엮는 것은 운동선수가 체급을 바꾸고 다른 종목에 도전하는 것처럼 만만치 않았습니다만, 그럴 때마다 시는 삶의 겨드랑이에 손을 넣고 저를 번쩍 들어 올려 저 너머를 보여 주었습니다. 시는 어쩌면 우리 안에 있는 어질고 너그러운 마음, 맑게 반짝이는 마음을 잘 지키라고 있는 것인지도 모릅니다. 그것을 전하라고 잔디와 해태가 제게 온 것인지도 모르겠군요.

요양원에 계신 어머니께 가장 먼저 이 책을 보여 드리고 싶습니다.

차례

마중 나가는 말 / 005   등장인물 소개 / 010

01 눈 속에 핀 매화 / 016
이상국 • 봄 나무

02 옥상까지 올라온 비눗방울 / 028
권대웅 • 햇빛이 말을 걸다

03 내 귀에 들어온 말 / 044
지은이 모름 • 말하기 좋다 하고

04 빈손이 무겁다 / 060
윤동주 • 호주머니

05 달아나는 물 / 080
박노해 • 너의 하늘을 보아

06 내 희망의 내용은 질투 / 096
기형도 • 질투는 나의 힘

07 강자에게 약하고 약자에게 강하고 / 110
지은이 모름 • 두꺼비 파리를 물고

08 얻는다는 것은 잃는다는 것 / 128
김수영 • 파밭 가에서

09 선택의 갈림길 / 142
로버트 프로스트 • 걸어 보지 못한 길

10 여름밤의 버스와 불꽃과 너와 / 158
정현종 • 비스듬히

11 초조하게 녹는 눈꽃 / 174
신경림 • 가난한 사랑 노래

12 너는 자라서 무엇이 되어 / 186
마종하 • 딸을 위한 시

13 비는 비끼리 젖는다 / 200
마종기 • 비 오는 날

14 빨래집게처럼 팍! / 224
민현숙 • 빨래집게

15 마음이 벼랑 같을 때 / 240
김수영 • 무지개 그림자 속을 날다

16 너의 별이 될게 / 256
이성선 • 사랑하는 별 하나

17 산산이 부서진 이름 / 274
김소월 • 초혼

18 온다, 오지 않는다 / 302
황지우 • 너를 기다리는 동안

에필로그 안녕, 해태 / 320

시인 소개 / 334   작품 출처 / 337   수록 교과서 / 338

김잔디

강릉에서 할머니와 살다가
아버지를 따라 서울로 전학 왔다.
책을 좋아하고 말수가 적은 편.
천상계 동물인 해태를 만나
시심(詩心)을 키워 나간다.

푸쉬—

해태

천상계의 승격 시험에 번번이 낙제한 벌로
인간계로 내려온 영물.
잔디와 함께 문학적 소양을 쌓기 위해
시를 읽지만 고양이로 위장해
인간계에서 사는 것을 꿈꾸기도 한다.
물과 불을 다스려야 하지만, 스킬 미획득.

잔디 할머니 **홍인숙**

막국수 식당 사장님

잔디 아빠 **김현**

무협 소설가

잔디의 친구들

이예지   고미린   주은호

황인경   장호연

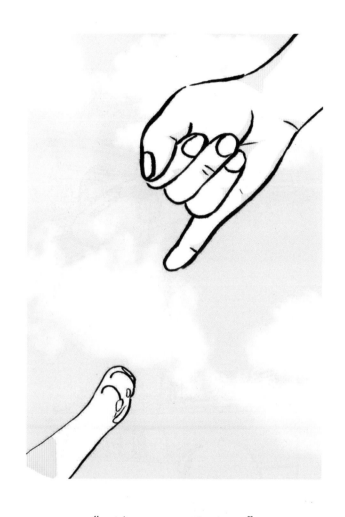

"약속해. 사라지지 않겠다고."

\ 01 /
눈 속에 핀 매화

강릉행 KTX-산천 열차가
들어오고 있습니다.
승객 여러분께서는···

철컹철컹

그런데 잔디야,
못 본 새 살이 좀 내렸나.

무슨 힘든 일···
아니다.

아, 밥 먹으러 가기 전에
잠깐 매화 보고 갈까?

대도호부 관아에
올해 첫 매화가 피었더구나.

강릉 살 때는 몰랐는데
오니까 좋네요.

저기 있다!

눈이 녹지 않아서 꼭
하얀 모자를 쓴 것 같네.

매란국죽 사군자 중에서
매화가 으뜸이라더니
과연 곱네, 고와.

매화는 잎보다
꽃이 먼저 나거든.

아이고,
좀 안쓰럽다.

세상에 일찍 나오면
좋은 일이 있을 거라고
생각했는가····.

아직 바람 차고
살을 에는데
벌써 꽃망울을····.

사실은 할머니···
저 가장 친한 친구랑
멀어졌어요.

그으래?

그래서
좀 힘들었어요.

그랬구나.

가까울수록 상처 내기도
쉬운 법이야.

다시 친해지려고
억지로 애를 쓰는 것도
자신을 괴롭히는
일이란다. 춥다.
밥 먹으러 가자.

알 것도 같고 모를 것도 같은 할머니의 말.

고마워요. 할머니.

좋아질 거라고 쉽게 위로하는 대신에

이렇게 옹심이 먼저
따뜻할 때 먹으라고 말씀해 주셔서.

봄 나무

이상국

나무는 몸이 아팠다

눈보라에 상처를 입은 곳이나

빗방울들에게 얻어맞았던 곳들이

오래전부터 근지러웠다

땅속 깊은 곳을 오르내리며

겨우내 몸을 덥히던 물이

이제는 갑갑하다고

한사코 나가고 싶어 하거나

살을 에는 바람과 외로움을 견디며

봄이 오면 정말 좋은 일이 있을 거라고

스스로에게 했던 말들이

그를 못 견디게 들볶았기 때문이다

그런 마음의 헌데 자리가 아플 때마다

그는 하나씩 이파리를 피웠다

* 감자옹심이: 감자를 갈아 물기를 꼭 짜낸 뒤 녹말가루와 섞어 새알처럼 둥글게
  빚어 서늘한 곳에 두었다가 육수에 넣고 끓인 음식. 옹심이는 '새알심'을 뜻하는
  강원도 방언.
* 수수부꾸미: 찹쌀가루와 찰수수 가루를 동글납작하게 빚어 여러 가지 소를 넣고
  반달 모양으로 접어 기름에 지진 떡.

\02/
옥상까지 올라온 비눗방울

반 배정
어떻게
됐을까.

드르륵—

역시 시선 집중은 부담스럽다.

기익-

상혁아, 김잔디 쟤
우리 반이다. 반 배정 폭망.

오H?

어떤 소문은 곰팡이 같다.
처음엔 점과 같은 작은 얼룩일 뿐이다.

아····

작년에 표절 사건,
금세 글 내려가긴
했는데 사실은 쟤가
주작한 거라던데····

그것은 점점 커지고 커져서 '기분 나쁜 것'이 된다.

그 얼룩은 노골적인 호기심을 먹고 자란다.

내가 반응할수록 누군가의 적의는 더 싱싱하게 빛난다.
그러므로 그림자처럼 행동해야 한다.

아이들은 재빠르다. 누굴 얼룩으로
점찍어야 할지 본능적으로 안다.

사람들은 '사실'보다는 자기가 믿고 싶은 걸
'진실'이라고 믿는지도 모른다.

자신이 얼룩이 되지 않으려고.

깨톡

탁탁

어? 장호연! 나, 문자 받고
옥상 가는 길인데···.

야, 겨울 방학 때 연락 좀 하지 그랬냐? 많이 기다렸는데····.

반 배정은 잘됐어?

그게··· 예지랑 같은 반 됐어.

근데 오늘 결석했더라고.

그래? 어디 아픈가? 개학 날부터 결석이라니.

흠...
신경 쓰이겠다.

뭐, 결과를 바꿀 수
없는 일에 대해선
너무 고민 말자.

으, 눈 부셔.

앗! 저기 봐!
비눗방울.

팟!

저 작은 무지개를
보여 주려고.

호연이는 진짜 시인 같다.
온 세상이 반짝반짝
말을 거는구나.
내 마음은 전쟁인데.

햇빛이 말을 걸다

권대웅

길을 걷는데

햇빛이 이마를 툭 건드린다

봄이야

그 말을 하나 하려고

수백 광년을 달려온 빛 하나가

내 이마를 건드리며 떨어진 것이다

나무 한 잎 피우려고

잠든 꽃잎의 눈꺼풀 깨우려고

지상에 내려오는 햇빛들

나에게 사명을 다하며 떨어진 햇빛을 보다가

문득 나는 이 세상의 모든 햇빛이

이야기를 한다는 것을 알았다

강물에게 나뭇잎에게 세상의 모든 플랑크톤들에게

말을 걸며 내려온다는 것을 알았다

반짝이며 날아가는 물방울들

초록으로 빨강으로 딥하는 풀잎들 꽃들

눈부심으로 가득 차 서로 통하고 있었다

봄이야

라고 말하며 떨어지는 햇빛에 귀를 기울여 본다

그의 소리를 듣고 푸른 귀 하나가

땅속에서 솟아오르고 있었다

\03/

내 귀에 들어온 말

야! 김잔디! 넌 3학년 돼서도
맨날 혼자 다니냐?

혼자 밥 먹는 거
뻘쭘하지 않아?

너도 진짜
멘탈 강하다.

할 말 있으면
얼른 해.
조용히 밥 먹고
싶으니까.

김잔디,
사실은 너한데
솔직히 말할 게 있어.

뭔데.

2학년 때 표절 사건
게시 글 말이야. 그거···
내가 올린 거야.

하… 그걸
왜 이제서야.

탁

백일장 때 너랑 이예지랑
싸우는 거 나도 들었거든.
나 나름 복수한 거라고.

복수?

전에 말했던 거 기억 나? 6학년 때때
이예지가 내 친구 주은호 교묘하게 왕따시켰다고.
못 견뎌서 다른 학교로 선학 갔다고.

어.
기억나.

내 친구 괴롭힌 이예지한테
복수하고 싶었어. 그리고 어차피
너도 진실이 밝혀지면 좋잖아.

뭐? 진실?
이제서야?

고미린!! 이런 게
의리라고 생각하는지
모르겠지만

너 너무 남의 말 하고
다니는 것 같다.

네가 남 얘기 하고 다니면
남들은 네 얘기 안 할 줄 아냐?
네 귀에만 안 들릴 뿐이야.

아… 미안. 애들이 네가 주작한 거라고 몰아갈 줄 예상 못 했어. 나도 일이 그렇게 꼬일 줄 몰랐지.

애들이 나를 어떻게 생각하든 관심 없어.

들고 보니 네가 게시 글 올린 건 진실을 밝히겠다는 생각보다는

내 상황을 이용해서
이예지한테 앙갚음하고 싶은
마음이 컸던 거네.

어우, 야···.
진짜 미안.
일이 이렇게
될 줄 몰랐어.

진짜 진짜
완전 몰랐어!

그리고 너 2학년 내내
이예지랑 친하게
어울려 다니지 않았어?

그럼 지금까지 네가 한 행동은
예지뿐 아니라 너 스스로를 기만한 거네.

근데 잔디야. 넌 네가 이예지나 나오는 다른 사람이라고 생각해?

나랑은 다르다고
선 긋는 거. 그것도
게으른 거 아니냐고.

다른 사람을 이해해 보려는
노력을 저버리는 거니까.

아, 뭐.
그럴 수도 있다고.
각자 입장이란 게
있으니까.

나도 그래서 빨리
게시 글 내린 거야.

어쨌든 게시 글 사건은
미안하게 됐다.

아··· 그리고 이거.

새로 나온
복숭아우유야.

아 참! 깜빡할 뻔.
내 친구 주은호,
우리 학교로
전학 온대.

너도 은호랑
잘 지내는 게
좋을 거야.
또 보자.

용서란 온전히 피해자의 몫이어야 한다.
용서를 강요해서는 안 된다.

물끄럼-

이 당연한 사실을 사람들은 너무 쉽게 잊는다.

너무 쉬운 말로 하는 사과는
조롱이나 마찬가지란 걸.

말하기 좋다 하고

지은이 모름

말하기 좋다 하고 남의 말 말을 것이
남의 말 내 하면 남도 내 말 하는 것이
말로써 말 많으니 말 말음이 좋아라.

\04/
빈손이 무겁다

슬슬 몸 좀 풀어 볼까?
오랜만에 몸이 근질근질한데?

준비됐어?

탁! 탁!

메이저 리그 최정상급 투수
미래의 류현진!
장호연 투수!

간드아!

흔들리지 않는 제구!
예측할 수 없는
코너 워크!

엇!

어때? 내 볼도
만만치 않다고!

류현진 선수 얘기
나와서 말인데
요새 경기 봤어? 대단!
메이저 리그 직관 한번
가 보는 게 소원이다!

아, 난 작년 여름 방학 때 봤어.

이모가 미국 사시거든.
LA 다저스 스타디움에서
선발 등판 경기 봤었지.

참, 너 요새 김잔디랑
자주 다니더라.

잔디 걔···
어떤 애야?

잔디?
멍한가 하면 다부지고
고집이 있는가 하면
의외로 허당 쩔어.

그래?

너 혹시···
김잔디랑 사귀냐?

간다!

휙!

타악!

그 대답 바로
안 해도 돼?

너랑 예지랑은?

아 뭐 나도 딱히
관심 있어서
물어본 건 아냐.

예지는 초등학교 때부터
친구였으니까.

땀 난다. 콜라 마시자.

걔네 3학년 때도
문예부 들어올까?
표절 사건 후로 사이
안 좋아진 것 같더라.
물론 게시 글이 금방
내려갔지만···

그래.

아, 그리고 다음번엔
글러브랑 야구공 하나 사.
매번 내가 챙겨 오기
좀 귀찮아.

어··· 미안.

생각해 보니···

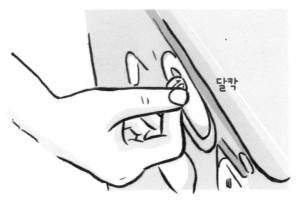

김잔디 7개 강단 있어 보이더라.

잘 마실게. 원샷이다!

참, 그 얘기 했었나?
김잔디가 나한테
초콜릿 줬었는데.

언제?

꽉

지하철역에서
기다렸다
주더라고.
1학년 때댄가.

진짜?

아무튼 그랬었다고.
난 과외 있어서
이제 가 봐야겠다.
또 보자. 장호연!

아, 그리고
그 공은 너 가져.

난 좀 더 있다 갈게.
먼저 가. 여기
네 글러브 가져가.

흠... 잔디가
황인경을 좋아한 건가.

뭐야.
장호연답지 않게
주눅 들다니.

이까짓
야구공 하나에
왜 진 것 같은
기분이 들지?

호주머니

윤동주

넣을 것 없어
걱정이던
호주머니는,

겨울만 되면
주먹 두 개 갑북갑북.

저벅저벅~

보
너
스
컷

달아나는 물

훗! 외국 사람들도 알아보는군.
나님의 핵인싸력!

어떤 때댄 정말
고양이가 되고 싶다니까?
주목받는 거 좋아!

난 주목받는 거
좀 어색한데····.

씽—

저게 왜 아스팔트에 고인
물웅덩이처럼 보이는지 알아?

에헴!
그게 말이야.
TMI지만 말이야.
흠흠···.

하늘에서 내려온 햇빛이 뜨겁고 밀도가 낮은
땅 위의 공기층에서 웅덩이처럼 휘거든.

아···.

그래서 실제론 말이야.
하늘이 거울처럼 땅에
비쳐 보이는 거야.

그걸 일본어로
니게미즈(にげみず)
'달아나는 물'이라
부른단다.

일본 애니
많이 보더니
일본어도 곧잘
하는구나.

좀 슬프기도 하고
신비하기도 한 말이다.

니게미즈,
달아나는 물이라‥‥.

우리 해태,
그새 문학적 소양을
많이 쌓았네.

나, 이래 봬도
천상계 생물이거든?

오올-
일본어도 하는지
몰랐어.

해태는 원래 천기를 다스려.
이쯤의 과학은 상식이라고.

덥다! 저쪽 다리 아래
그늘로 가자.

좋아.

쩝쩝

잔디야, 사실 요새
생각이 많아서
입맛도 없어.

왜? 우리한테
입맛은 항상 있는 거
아니었어?

혹시···
망원동 고양이들이
또 괴롭혀?

뭔데 그렇게 뜸을 들여···.

어쩌면 말이야, 내 꿈도···
달아나는 물과 같은 게
아닐까 싶어서···.

해태···
고민 많았구나.

난 달아나는 물을
쫓고 있는지 몰라.

네 얘길 들으니
나도 걱정이다.

신기루처럼 잡히지 않는 게 꿈인가 보다.
나도 어느 방향으로 진로를 잡아야 할지
길을 모르겠어.

표면에 반사된
가짜 하늘이 아닌,
진짜 하늘을
알아볼 수 있을까?

그러니 해태야.
일단 여기서
벌떡 일어나서!

응, 일어나서?

한강 라면을 먹도록 하자!
머릿속이 복잡할 때댄
탄수화물이 최고야!

올ㅎ아!

너의 하늘을 보아

박노해

네가 자꾸 쓰러지는 것은
네가 꼭 이룰 것이 있기 때문이야

네가 지금 길을 잃어버린 것은
네가 가야만 할 길이 있기 때문이야

네가 다시 울며 가는 것은
네가 꽃피워 낼 것이 있기 때문이야

힘들고 앞이 안 보일 때는
너의 하늘을 보아

네가 하늘처럼 생각하는
너를 하늘처럼 바라보는

너무 힘들어 눈물이 흐를 때는
가만히
네 마음의 가장 깊은 곳에 가 닿는

너의 하늘을 보아

\06/

내 희망의 내용은 질투

823.5나15소⋯. 『아Q정전』이 어디 있지?

김잔디!

스윽—

무슨 책 찾아? 아, 황인경!

너도 수행 평가 때문에 왔구나.
내가 한발 빨랐다.

『아Q정전』!
빨리도 찾았네.

너 먼저 보고 줘.
독서록 제출 기간도
넉넉하니까.

그래? 고마워.

근데 너 예지랑
싸운 뒤로 서로 말 안 해?
걔가 말은 세게 해도 속은 여려.

예지는 너랑
화해하고 싶은
눈치던데...

요즘 호연이랑
친하게 지내지?

어.

잔디야, 부탁할게.
문예부 다시 들어오면 안 돼?

솔직히 장호연이 총무 맡고부터
문예부 좀 엉망이다.
분위기도 좀 어수선하고···.

그래? 호연이 성격 좋아서
잘할 것 같은데?

아냐, 불만 있는 신입생이 많아서 골칫거리야.
근데, 여기서 떠들면 안... 속닥속닥.

뭐?

나가서 얘기하자고.

얘가 또 훅 들어오네. 너무 가까워.

그냥 솔직히 말할게.
요즘 너 자꾸 눈에 띈다.
신경 쓰여.

그냥 별거 아냐.
넌 내 말에 신경 쓰지 마.

너 예지랑
사귀는 거 아니었어?

지금 선 넘었거든.
네 말대로
별거 아니라면
그냥 넣어 둬.

오늘 얘긴 못 들은 걸로 할게.
신경 쓰인다는 둥
사람 헷갈리게 하지 마.

그 우유 너 먹어.
나 바나나우유
안 좋아해.

음···.

질투는 나의 힘

기형도

아주 오랜 세월이 흐른 뒤에

힘없는 책갈피는 이 종이를 떨어뜨리리

그때 내 마음은 너무나 많은 공장을 세웠으니

어리석게도 그토록 기록할 것이 많았구나

구름 밑을 천천히 쏘다니는 개처럼

지칠 줄 모르고 공중에서 머뭇거렸구나

나 가진 것 탄식밖에 없어

저녁 거리마다 물끄러미 청춘을 세워 두고

살아온 날들을 신기하게 세어 보았으니

그 누구도 나를 두려워하지 않았으니

내 희망의 내용은 질투뿐이었구나

그리하여 나는 우선 여기에 짧은 글을 남겨 둔다

나의 생은 미친 듯이 사랑을 찾아 헤매었으나

단 한 번도 스스로를 사랑하지 않았노라

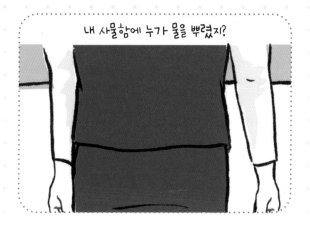

07
강자에게 약하고 약자에게 강하고

와아아아아아—

대단하다!

주은호
멋진 폭발!

후····.

핑그르르-

이얍!

휙!

타앗!

오, 받았다!
이예지!

흡!

휙!

턱!

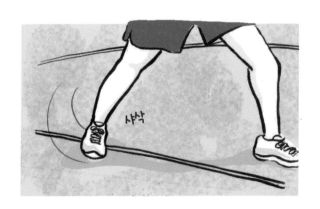

온다!
으아, 주은요
완전 무서워.

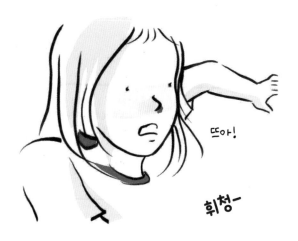

뜨아!

휘청-

어?

툭!

주르륵—

머리핀
망가졌네.

쏘리? 놀리냐? 애들이 운동 좀 한다고 대우해 주니까
네가 다른 사람이라도 된 것 같아?

너 때문에
내 머리핀 망가졌잖아!

손 치워!

야, 일단 고개 숙이고
코를 쥐어. 지혈을 좀···.

핀은 똑같은 거
사 주면 되잖아.

쟤들 나한테 방청권 얻을 때는
굽실하더니··· 웃겨.
이거랑 똑같은 핀은 없다고.

너도 참 별나다.
널린 게 빨간 핀인데.

나도 방청권
얻었는데
나 시녀 인증?

뭐래. 그럼 난
시녀 2 인증.

쟤 왜 저럼?
승부욕 오진다.
유별나. 진짜.

웃겨. 필요할 때
친한 척하더니

네가 운동 좀
한다 싶으니까
태도 싹 바꾸는 애들.

!

애들한테 충고 말고
황인경이나 마킹해라.

여차하면
뻣기겠더라.
김잔디한테.

두꺼비 파리를 물고

지은이 모름

두꺼비 파리를 물고 두엄 위에 치달아 앉아

건넛산 바라보니 백송골이 떠 있거늘 가슴이 끔찍하여 풀떡 뛰

어 내닫다가 두엄 아래 자빠졌구나

마침 날랜 나였기에 망정이지 피멍 들 뻔하였구나

\08/
얻는다는 것은 잃는다는 것

어떤 관계는 자석 같다.
N 극과 S 극, 각자의 반대편에서.

인경아,
요즘 너 바빠?
연락도 잘 안 하고.

시간이 지나면
철심처럼 뚜렷하게 구분된다.

초여름 밤공기가
좋아서 불렀어.

우리 어릴 적에
놀이터에서
모래성 쌓고
그랬는데….

멀어지면 끌어당기고 싶고
다가오면 밀어내고 싶은 마음.

그게
언제 적
얘기야….

너 주려고 샀어.

지금 나는 너를 잃기 싫어서
자꾸만 마음을 끌어당긴다.

고마워.

어색한 자장(磁場)이 우리를
에워싸고 있음을 알면서도.

넌 진로 상담
받았어?

아, 난 예고
가고 싶은데
엄마가 반대할 것
같아.

의미 없는 말을 이어 나간다. 너를 잃기 싫어서.

넌 외고 갈 거지?
나 너랑 이야기 좀 하고
싶었는데 네가
연락 피해서···.

왜 그래,
피곤하게···.

요새 부모님이
좀 예민하셔.
공부에 집중하라고···.

연락도 잘
안 하고···.
솔직히 요새 너
딴사람 같아.

진로 때문에
고민도 많고···.

좀 바빴어.

이예지, 네가 자꾸
연락 안 하냐 물으니
부담스럽다.

쪼로록―

나, 개인 시간
침해받는 거
싫어하는 거
알잖아.

자신이 묵은 사랑이 되었음을 알면서도
새것처럼 반짝이고 싶은 마음.

침해? 침해라니.
우리 뭔가 큰 걸
잃어버린 것 같다.

내가 뭘 또
언제 그랬다고.

아, 몰라.
너 변했어.

아무래도 너 오늘 좀
감정적이다.

먼저 갈게.
다음에 얘기해.
대화하기 힘드네.

내 얘기 아직 안 끝났는데,
먼저 가겠다고?

그냥 끝내자.
헤어져.

얻으려고 하면 할수록 잃게 된다.
채우려고 할수록 빈다.

헤어지자고 말하면 다시 돌아올 줄 알았는데
정말로 혼자 두고 갈 줄 몰랐다.

나는 왜 인경이가 나를 더 좋아하길 바랄까.
그건 결국 인경이보다
내 감정이 중요하단 얘길까.

힘들어. 이런 저울질···.
얼마나 오래갈 수 있을까, 우리.

파밭 가에서

김수영

삶은 계란의 껍질이

벗겨지듯

묵은 사랑이

벗겨질 때

붉은 파밭의 푸른 새싹을 보아라

얻는다는 것은 곧 잃는 것이다

먼지 앉은 석경 너머로

너의 그림자가

움직이듯

묵은 사랑이

움직일 때

붉은 파밭의 푸른 새싹을 보아라

얻는다는 것은 곧 잃는 것이다

새벽에 준 조로의 물이

대낮이 지나도록 마르지 않고

젖어 있듯이

묵은 사랑이

뉘우치는 마음의 한복판에

젖어 있을 때

붉은 파밭의 푸른 새싹을 보아라

얻는다는 것은 곧 잃는 것이다

동아리 활동 시작 전

\09/
선택의 갈림길

서명하고
가세요.

집회가
시작되려나 봐.

어렵다.
어려워.

그래도
선택해야지.

다 왔다.

해태야,
저 앞에서
기다릴게.

이 자리에서
꼭 다시 만나.

응, 기다리고
있을게.

해태···
길을 잘 찾아오겠지?

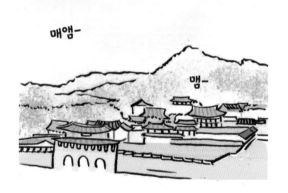

매앰-

맴-

왔는가.

문지기!
오랜만!

천상계에서
중요한 전갈이 왔네.
이제 자네의 운명을
선택할 때가 왔어.

올해 7개기 월식이 일어나면
회문(回門)이 열리네.

고양이로 육신을 얻거나
천상계로 다시
돌아갈 수 있는 문이지.

만약 고양이가 되길 원한다면
회문 안에 들어가
이름을 세 번 부르게.

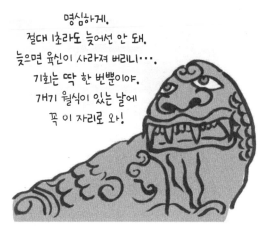

명심하게.
절대 1초라도 늦어선 안 돼.
늦으면 육신이 사라져 버리니···.
기회는 딱 한 번뿐이야.
7개기 월식이 있는 날에
꼭 이 자리로 와!

응, 그때까지 천상계로 갈지
고양이가 될지
결정하면 되겠지?

자네가 천상계로 가면
표식으로 먹구슬이
떨어질 것이고

고양이의 육신을 얻게 된다면
방울이 떨어질 것이야.
네 이마의 무늬와 같은.

다른 해태처럼 정해진
길로 가느냐,
아무도 가지 않은
고양이의 길을 가느냐….
참 어렵네.

아무튼, 월식까진 결정할게.
난 잔디가 기다려서
가 봐야겠어.

쯧쯧! 또 건성으로!
난 말했네! 회문에
제때 도착하지 않으면
사라져 버린다고!

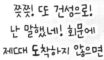

잘 가고,
방울 블루투스도
꾹 켜 놔.

문지기에게
호언장담했지만
꽤 고민되는군.
운명의 두 갈래 길을
만났어···

뒤뚱

뒤뚱

천상계로 가면
천재 해태들 사이에서
평범하게 살겠지.
해태의 본분을 다하며.

잔디의
하나뿐인 반려묘가 되어
살아가도 좋을 거야.

걸어 보지 못한 길

로버트 프로스트 / 정현종 옮김

단풍 든 숲속에 두 갈래 길이 있더군요,
몸이 하나니 두 길을 다 가 볼 수는 없어
나는 서운한 마음으로 한참 서서
잣나무 숲속으로 접어든 한쪽 길을
끝 간 데까지 바라보았습니다.

그러다가 또 하나의 길을 택했습니다, 먼저 길과 똑같이 아름답고,
아마 더 나은 듯도 했지요,
풀이 더 무성하고 사람을 부르는 듯했으니까요.
사람이 밟은 흔적은
먼저 길과 비슷하기는 했지만,
서리 내린 낙엽 위에는 아무 발자국도 없고
두 길은 그날 아침 똑같이 놓여 있었습니다.
아, 먼저 길은 다른 날 걸어 보리라! 생각했지요.
인생길이 한번 가면 어떤지 알고 있으니
다시 보기 어려우리라 여기면서도.

오랜 세월이 흐른 다음

나는 한숨지으며 이야기하겠지요.

〈두 갈래 길이 숲속으로 나 있었다, 그래서 나는

―사람이 덜 밟은 길을 택했고,

그것이 내 운명을 바꾸어 놓았다〉라고.

꼭 잊지 말고 개기 월식 때 나를 회문에 데려다줘야 해.

응, 잊지 않을게.

네가 만약 천상계로 가면 우리 헤어져야 하는 거야?

아마도.

10

여름밤의 버스와 불꽃과 너와

피시방 알바 한다더니
요새 좀 피곤했나 봐.

그게···.

호연아, 얼굴에
침 묻었다.

내가 좀 많이
피곤했나 봐.

졸리면 눈 좀 붙여.
망원역 근처에서
깨워 줄게.

그럼 자던 거
계속 잘게.

다시 잠든 척했지만
어떻게 잠들 수 있겠니?
잔디 네가 내 옆에
있는데.

겹쳐진 나뭇가지처럼 비스듬히 고개를 기울이면
잔디의 체온이 느껴진다.

따뜻하다는 건 생명이 있다는 증거.
네 어깨가 비스듬히 나를 받친다.

기댈 수 있다는 건
어깨를 내주는 사람이 있다는 거구나.

야, 장호연. 어깨 저려. 일어나.
이제 내릴 때 다 된 것 같은데.

사고 났나,
길 엄청 막힌다.

쩝. 아쉽다···

TBS FM 교통 정보입니다.
불꽃 축제가 성황리에 열린 가운데
심야 교통 정체가 극심한 상황으로···.

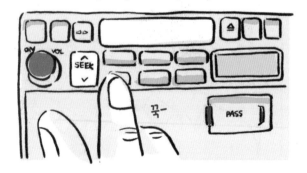

앙, 오늘 불꽃 축제!
그래서 길이
엄청 막혔구나.

우리도 운 좋으면
불꽃 볼 수 있으려나?

창밖으로 조그맣게 보이는 건 불꽃의 꼬리.

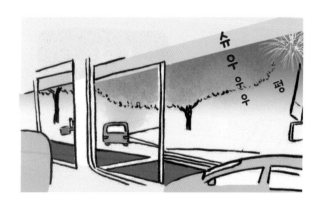

불꽃을 바라보는 잔디의 얼굴이 울긋불긋 물든다.

잔디는 불꽃을 보며 웃고 나는 잔디를 보며 웃는다.

비스듬히

정현종

생명은 그래요.
어디 기대지 않으면 살아갈 수 있나요?
공기에 기대고 서 있는 나무들 좀 보세요.

우리는 기대는 데가 많은데
기대는 게 맑기도 하고 흐리기도 하니
우리 또한 맑기도 하고 흐리기도 하지요.

비스듬히 다른 비스듬히를 받치고 있는 이여.

사실은 알고 있었다.
이 시간 즈음 잔디가 버스를 탄다는 걸.

그것은 1분이라도 너와 함께 있고 싶은
나의 큰 그림.

11

초조하게 녹는 눈꽃

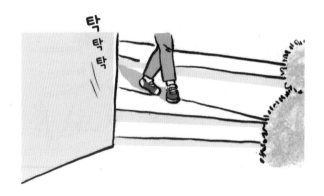

미안!
알바가
늦게 끝나서···.

호연아. 오늘
날씨 완전 찐다.
빙수 먹으러 가자.

뭐 먹을까?

망고빙수 먹을까,
말차빙수 먹을까?

이쯤 되면 내 머릿속은 복잡해진다.
망고빙수는 12,000원 녹차빙수는 14,000원.

내 지갑 속엔 만 원뿐. 저번에 떡볶이도
잔디가 샀는데···. 매번 얻어먹는 게 좀 창피하다.

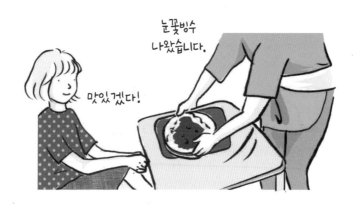

눈꽃빙수 12,000원.
피시방 알바를 두 시간은 해야 조금 남는 돈.
팥빙수가 밥값보다 비싸다.

호연아. 넌 왜
안 먹어? 시원하고
맛있는데.

어느 노래 가사처럼 내가 지금
웃는 게 웃는 게 아니다.

팥빙수는 팍팍
비벼야 제맛이지.

난 모양 안 흐트러지게
얌전히 떠먹는데.
하핫, 김잔디 터프해.

눈꽃빙수가 진짜 눈이 아닌 것처럼

진짜 속마음을 감추고 아무렇지 않은 척한다.
초조한 마음을 감춘다.

머릿속엔 온통 모자란 2천 원 생각뿐.

빙수가 코로 들어가는지 입으로 들어가는지···.

이렇게 의기소침해질 일인가.
겨우 2천 원 때문에.

그까짓 2천 원이 뭐라고
잔디의 말에 집중이 안 된다.

너 아까부터
무슨 생각해?
딴 데 정신
팔린 것 같아.

어··· 어?
뭐라고?

아까부터
뭔 생각하냐고.
다 녹아 버렸잖아.

어, 미안. 빨리 먹을게.
요새 알바하느라
피곤해서··· 내가 좀
정신이 없네.

반짝반짝 예쁘지만 쉬이 녹아 버리는

눈꽃빙수의 아쉬운 모양.

내 속도 모르고 금세 사라지는 달콤함.

가난한 사랑 노래 — 이웃의 한 젊은이를 위하여

신경림

가난하다고 해서 외로움을 모르겠는가

너와 헤어져 돌아오는

눈 쌓인 골목길에 새파랗게 달빛이 쏟아지는데.

가난하다고 해서 두려움이 없겠는가

두 점을 치는 소리

방범대원의 호각 소리 메밀묵 사려 소리에

눈을 뜨면 멀리 육중한 기계 굴러가는 소리.

가난하다고 해서 그리움을 버렸겠는가

어머님 보고 싶소 수없이 뇌어 보지만

집 뒤 감나무에 까치밥으로 하나 남았을

새빨간 감 바람 소리도 그려 보지만.

가난하다고 해서 사랑을 모르겠는가

내 볼에 와 닿던 네 입술의 뜨거움

사랑한다고 사랑한다고 속삭이던 네 숨결

돌아서는 내 등 뒤에 터지던 네 울음.

가난하다고 해서 왜 모르겠는가

가난하기 때문에 이것들을

이 모든 것들을 버려야 한다는 것을.

내가 먼저 먹자고
했으니까 이건
내가 쏠게!

그래! 알바비 나오면
마라탕 쏠게!

\12/
너는 자라서 무엇이 되어

잔디야, 정문 보이지?
쭉 올라와.

와우, 연희동에
이런 곳이 있는 줄
몰랐어요.

조용하지?

연희문학창작촌

이건 작가들 핸드 프린팅
해 놓은 거야.

아····.

허수경 시인 손 모양이
어디에 있더라?

저 친구는 달림이!

냐아옹-

저쪽에서 고양이 소리 들리지?
걘 이름이 소금이야.

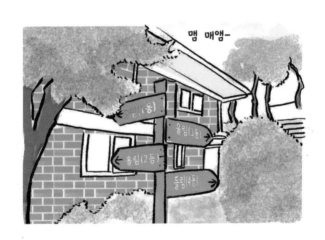

아빠, 이번에 진로 상담 했는데요. 어떻게 해야 할지 고민 중….

아, 그래?

아빠는 제가 어떤 사람이 됐으면 좋겠어요?

글쎄…. 아빠가 원하는 것보다 네가 원하는 게 뭔지 생각하는 게 순서일 것 같은데?

아빠는 소설 쓰는 일이
좋아요?

난 만족해. 에너지의 총량이
백이라면 하고 싶은 일에
백을 쓰며 사는 것도
쉽지 않지.

다른 건 몰라도 난
하나는 정확히
알았어.

좋아한다고
다 잘할 수는
없겠지만

이번 생에 내가
무슨 일을 하고
살다 갈 것인지.

그게 바로
소설이야.

어떤 사람들은 평생을 헤매도
자기가 하고 싶은 게 뭔지
찾지 못하고 죽기도 해.

그러니 잔디야. 잘 생각해야 해.
네 인생의 에너지 총량을 어디에 쓸 것인지.

자기가 좋아하는 걸 안다는 건
자기 감정을 안다는 거잖아.

난 네가 자기 감정을
자세히 들여다볼 줄 아는 사람이 되길 바란다.

딸을 위한 시

마종하

한 시인이 어린 딸에게 말했다.
'착한 사람도, 공부 잘하는 사람도 다 말고
관찰을 잘하는 사람이 되라고.
겨울 창가의 양파는 어떻게 뿌리를 내리며
사람들은 언제 웃고, 언제 우는지를.
오늘은 학교에 가서
도시락을 안 싸온 아이가 누구인지 살펴서
함께 나누어 먹기도 하라고.'

* 연희문학창작촌은 서울특별시 서대문구 연희동에 위치한 문학 창작 지원 시설로
작가들에게 작품을 집필할 수 있는 공간을 대여해 주는 것 외에도 연희 극장, 국제
교류 행사 등 다양한 프로그램을 운영하며 작가들의 집필 활동을 돕고 있습니다.

\13/
비는 비끼리 젖는다

야!
이예지!

아까 너 자리 비었길래
체육복 빌려 갔다.

탁

왜 허락도 안 받고···.
이 얼룩은 뭐야?

야, 내가 일부러
그랬겠니?

나도 모르는 새
껌이 묻었다니까.

피식-

왜 혼자 비를 맞고···.
맞다! 아까 주은호가
우산 가져갔지.

그때였다. 이성이 판단하기도 전에
나도 모르게 예지 이름을 부른 것은.

이예지!

우산 완전히 망가져 버렸다.
안 펴져.

잊고 있었다.
우리 둘이 있을 때

잔디야.
고맙다.

이렇게 웃었다는 걸.

고맙긴····
나도 미안해.

마주 보고

웃었다는 걸.

비 오는 날

마종기

구름이 구름을 만나면
큰 소리를 내듯이
아, 하고 나도 모르게 소리치면서
그렇게 만나고 싶다, 당신을.

구름이 구름을 갑자기 만나면
환한 불을 일시에 켜듯이
나도 당신을 만나서
잃어버린 내 길을 찾고 싶다.

비가 부르는 노래의 높고 낮음을
나는 같이 따라 부를 수가 없지만
비는 비끼리 만나야 서로 젖는다고
당신은 눈부시게 내게 알려 준다.

\14/
빨래집게처럼 꽉!

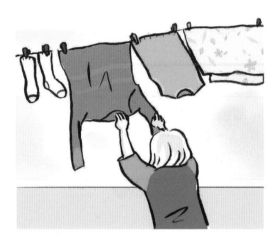

참, 망원동 냥이들하고는 어떻게 됐어?

굳이 그 고양이들이랑 친하게 지낼 필요가 있을까?

잊고 지냈지만
난 선악을 가르는
해태야.

미워하는 마음이 드니
몸이 아파 힘들어.
한번은 담판을
지어야겠어.

그러다 또 맞으면
어떡해.
맞짱 뜰 거야?

빨래집게를 보니
작전이 생각났어!

빨래집게를 봐.
요 조그마한 게
빨래를 꽉 물잖아.

아무리 바람 불어도
꽉 물고 안 놓잖아.

다음 날, 망원동
성덕 빌라 옥상

할짝-

야! 궁예!
네가 독심술을 쓴다면
내가 누군지도 알겠네?

눈가리개
벗어 봐.

에? 저게
마따따비를
너무 먹었나?

어이 상실.

얘가 단단히
더위 먹었나 보네.

궁예 너!
독심술 쓴다고 거짓말해서
냥이들 마음을 홀렸지!

봐! 내가 널 똑바로 봐도
아무 일도 안 일어나잖아!
이제야 탄로 났군.

끙.

눈가리개
벗은 거 처음 봐!

독심술 쓴대서
다른 눈인 줄 알았는데
우리랑 똑같잖아.

헐, 들켰다!

호다닥

일단 튀자!

빨래집게

민현숙

한번 입에 물면
놓아주지 않는다.

개구쟁이 바람이
바짓가랑이를 잡고 늘어져도

꽉 문 빨래
놓치지 않는다.

조그만 게
고 조그만 게
덩치 큰
바람을 이긴다.

보
너
스
컷

아까 내 모습
멋짐
뿜뿜이었어!

꺄햐하-.

한군데만
꽉 물었더니
이겼다!

하핫!

\15/
마음이 벼랑 같을 때

할 말이
뭔데?

머리핀
비슷한 거
주문했으니까
오면 줄게.

뭐래.
이제 와서.

이렇게라도 해야
너는 나를 봐 주는구나.

뭐?

어이없네.
내 관심 끌려고
이러는 거야?

네가 날
봐 주지
않으니까.

넌 항상
그런 식이잖아.

황인경하고
사귀고부터
여자끼리 우정,
가볍게 생각하잖아.

그러는 너는? 너도
고미린하고 다니잖아.
나 따돌리는 재미로.

네가 먼저
나 따돌렸잖아.

그리고 미린인 그냥···.
너 없어도 내가
잘 지낸다는 걸
보여 주고 싶었어.

그러니까 네 말은
내 관심 끌려고
고미린하고 친했다?

나도 겁났어,
따돌림당할까 봐.
미린인 그냥···.

야,
주은호!

방금 그 말
무슨 뜻이야?

너 어떻게
나 없다고
바로 뒤통수치냐?

이예지랑
말 섞지 않기로
했잖아.

아⋯ 고미린!
그게 아니고⋯.

뭐가 아냐?
너 왜 당황하는데?

아⋯⋯.

진짜
실망이다.

난 진심으로 널 친구로
생각했는데!
배신이야.

웃긴다.
고미린 네가 주은호한테
뭐라 할 자격 있냐?

너도 나랑 다니다가
주은호 오니까 태도
180도 변했잖아.

네가 더 가식적이야.
어차피 너도 나를
친구로 생각 안 했잖아!

너를 돋보이게
해 주는 조연 정도로
생각했던 거 아냐?
은호는 초등학교 때부터
나랑 친했다고!

그러는 너는?

결국 주은호랑
놀 거였으면서
왜 나한테
친한 척했어?

마음이 벼랑 같아서 서로 한 발짝도
물러서기 싫었던 그때,

비행기가 날아간 반대편 서쪽 하늘 끝에서

무지개가 떴다.

약속이라도 한 듯 말없이 하늘만 봤던 몇 초.

그 몇 초간 어쩌면 우리는
서로의 허공을 보았는지도 모른다.

더 인정받고 싶고 더 관심받고 싶은
외로움의 구멍을.

무지개 그림자 속을 날다

김수영

더 높이, 더 멀리
날개에 얹혀 있는 푸른 하늘
솟구쳐도 끝이 없는
그 큰 구멍

가파를수록 아름다운 절벽
내려앉을 나무 하나 없는
벼랑 끝에 이르렀을 때
비로소, 먼 거리를 비행한 새는

외로이 날았던 허공을 보게 되는 것

각자의 폰에 담은 무지개

너의 별이 될게

나 드디어 일생일대의
결심을 했어.

고양이가
되기로!

확실한가?

자네 그럼
해태의 모든 능력을
잃어도 괜찮은가?

지금처럼
인간의 말을 할 수도 없고
물이나 불을
다스릴 수도 없게 되는데?

나도 노력했지만
해태의 능력을
연마하기엔
역부족이었어.
그게 내 한계야.

더도 덜도 말고
있는 그대로 나를
인정하고 싶어.

고양이가 되면
인간의 말을 못 하게
되는 건 아쉬워.

그렇지만 잔디는
시심(詩心)이 있는 아이니까
내 마음을 읽을 수 있을 거야.

문지기.
난 이번에
알았어.

포기하는 것도
커다란 용기가
필요하단 걸.

한번 결정하면
돌이킬 수 없네.
각오는 되어 있겠지?

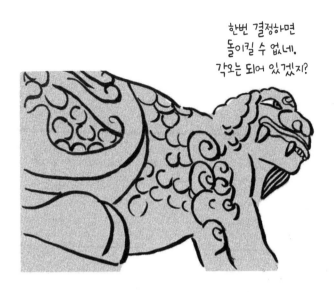

천상계의
천재 해태들 사이에서
불행하게 사느니

소확행을
선택하겠어.

잔디가 외로우면
눈을 맞춰 주고
잔디가 어두우면
내가 빛을 비춰 줄래.

난 잔디의
단 하나뿐인
고양이가 될래.

천상계의 시간은
지상계와 달라.
고양이의 육신으로
바뀌는 건 찰나지만
지상계의 시간으로는
몇 달이 지날지도 모르네.

자네 결정에
후회가 없길 바라네.

명심하게.
월식 때
늦지 말게나.

1초라도 늦어선 안 되네.
회문이 닫히니까.

응!

자넨 최초로 고양이가 된
해태 1호야.

잔디의
반려묘가 되어
잘 살게.

고마워, 문지기.
내 선택을
존중해 줘서.

헤헷.
결정하고 나니
괜히 눈물 나려고 하네.

홀가분하기도 하고
섭섭하기도 하고.

눈가 촉촉

고마워,
문지기,

월식 날
늦지 않게 올게.

응!

춥네, 어서 들어가게,
여러 번 말하지만
월식이 시작되면
바로 와야 해,

휴···. 큰 숙제
하나 끝냈다!

빨리 가서
잔디한테
알려 줘야지!

아니다!
잔디한데는 천상계로
가기로 했다고
말해야겠어!

내가 고양이가 되어
짠! 하고 나타나면
더 좋아하겠지?
서프라이즈!

잔디야, 일어나! 응?
할 말 있어.
중요한 말이야.

드르렁

어, 어,
왜, 해태야.

멍

잔디야,
왜 이렇게
땀을 흘려?
어디 아파?

감기 왔나 봐.

몸이 뜨거워.

잔디야, 있잖아.
난 네가 쓸쓸할 때
외로워서 울 때
꼭 네 곁에 있을 거야.

갑자기
무슨 소리야?

나 천상계로
가기로 결정했어.
천상계로 가서
해태의 본분을 다하기로.

뭐?

이렇게
갑자기?

그러니 잔디 네가
월식이 시작되는 내일 밤
나를 회문까지
데려다주겠니?

어? 어···.

사랑하는 별 하나

이성선

나도 별과 같은 사람이
될 수 있을까.
외로워 쳐다보면
눈 마주쳐 마음 비쳐 주는
그런 사람이 될 수 있을까.

나도 꽃이 될 수 있을까.
세상일이 괴로워 쓸쓸히 밖으로 나서는 날에
가슴에 화안히 안기어
눈물짓듯 웃어 주는
하얀 들꽃이 될 수 있을까.

가슴에 사랑하는 별 하나를 갖고 싶다.
외로울 때 부르면 다가오는
별 하나를 갖고 싶다.
마음 어두운 밤 깊을수록
우러러 쳐다보면
반짝이는 그 맑은 눈빛으로 나를 씻어
길을 비추어 주는
그런 사람 하나 갖고 싶다.

내일···.

내일이라니!

\17/
산산이 부서진 이름

으… 으응?

잔디야! 잔디야.
빨리 일어나! 월식이
시작됐어! 빨리!

헐! 월식!
큰일 났다!

뭐야!
일찍 깨우지!

할머니, 아빠! 저 잠깐 나갔다 올게요!

아니, 쟤가 고양이 데리고 이 밤에 어딜···.

방금 뭐 지나갔어요?

이 시각 촛불 집회로 약 100만 명이…
서울 시내 교통 정체가 극심…

우리도 내일
광화문 나가자.

1초라도 늦으면
안 된다고 했는데….

길이 너무 막혀.

해태야, 꽉 잡아.
무슨 일 있어도
제시간에 데려다줄게.

여기로 못 가요.
돌아가세요!

와아아~

아저씨! 제발
들여보내 주세요.

아, 잔디한테
사실대로 말해야 하는데
너무 시끄러워.

시간을 되돌릴 수 있다면

미안하다는 말 대신

아...
안 돼!

고맙다는 말을 자주 할걸.

자주 안아 줄걸.

심장이 터질 듯이 숨이 차다.

헉헉!

미안, 잔디야.
나 때문에···.

서둘러! 곧
회문이 닫힌다!

저기다!

잔디야, 시간이 없어!
저쪽으로 나를 던져!

꼬옥-

잔디야, 사실 나
고양이가 될 거야.
방울 단 고양이를
꼭 찾아! 그게 나야!

타앗ー!

핑!

한낱 꿈처럼 그렇게 사라졌다.

문득 정신이 들었을 때

멍-

주변의 함성이 들렸다.

오ㅏ아아아!

우-

하야하라!

탄핵!

설마··· 내가 늦게
데려다줘서
사라진 건 아니겠지?

아냐, 아닐 거야.
네가 그렇게 허망하게
사라질 리 없어.

초혼

김소월

산산이 부서진 이름이여!
허공중에 헤어진 이름이여!
불러도 주인 없는 이름이여!
부르다가 내가 죽을 이름이여!

심중에 남아 있는 말 한마디는
끝끝내 마저 하지 못하였구나.
사랑하던 그 사람이여!
사랑하던 그 사람이여!

붉은 해는 서산마루에 걸리었다.
사슴의 무리도 슬피 운다.
떨어져 나가 앉은 산 위에서
나는 그대의 이름을 부르노라.

설움에 겹도록 부르노라.
설움에 겹도록 부르노라.

부르는 소리는 비껴가지만

하늘과 땅 사이가 너무 넓구나.

선 채로 이 자리에 돌이 되어도

부르다가 내가 죽을 이름이여!

사랑하던 그 사람이여!

사랑하던 그 사람이여!

천상계로 가면 먹구슬이,
고양이가 되면
방울이 떨어진다고
했는데···.

왜 방울이
안 떨어지지?
내가 늦은 건가?
해태가 사라진 건가?

\ 18 /
온다, 오지 않는다

태양과 지구,
달이 일직선상에
놓인 날

그 하늘이 열리던 날
나는 너를 기다렸지.
푸른 새벽이 올 때까지.

광화문 광장에
가득했던
사람들이 떠나고

모두들 집으로 돌아가는데
너는 오지 않았지.

해태야, 잘 지내니?
거긴 춥지 않고?

네가 너무 보고 싶다.
그리고 미안해.

너와 함께한 시간

너와 함께 나눈 온기가 그리워.

해태야, 나는 잘 지내.

철컹 덜컹~

매일 아침 한강을 건너 학교에 가고

아! 또 지각!

늦잠 자는 버릇은 여전해.

발표 시간엔 여전히
지목받을까 봐 조마조마하고

아빠랑 할머니도 건강하셔.

그게요….

도망갔나?

그 두 발로 서는
고양이는 어디 갔어?

호연이는 키가 훌쩍 컸어.
나보다 15cm는 클걸.

호연아, 이제 너
올려다봐야겠다.

응! 멋짐이
묻어나지?

예지는 예고에 가고 싶대.
부모님이 반대하시지만 소설가가 되고 싶대.

흑당아이스크림
맛있다!

난··· 난 아직 모르겠어.

뭘 하고 싶은지
정말 내가 뭘 잘할 수 있는지.

해태야.
정말 보고 싶다.

너와 함께한 시간이
낮잠처럼 지나간 것 같아.
아주 슬프고 짧은 꿈을 꾼 것처럼

아직도 얼떨떨해.

네가 없다는 사실이 실감이 안 나.

해태야,
너 그렇게 떠난 날

나 얼마나 너를 기다렸는지 몰라.

그때 내가 조금만 더 서둘렀더라면
늦지 않았다면

회문에 조금만 더
일찍 도착했더라면

너는 사라지지
않았을 텐데.

그대를 떠올리면

지금도 마음 반쪽이
조용히 허물어지는 것 같아.

해태야. 그날 넌 나에게
한 가지 시심을 가르쳐 줬어.

후회 없도록
충분히 사랑할 것.

너와 함께한 시간을
오래 기억할게.
그게 너를 잊지 않는
방법일 테니까.

잘 가, 해태야.

너를 기다리는 동안

황지우

네가 오기로 한 그 자리에

내가 미리 가 너를 기다리는 동안

다가오는 모든 발자국은

내 가슴에 쿵쿵거린다

바스락거리는 나뭇잎 하나도 다 내게 온다

기다려 본 적이 있는 사람은 안다

세상에서 기다리는 일처럼 가슴 애리는 일 있을까

네가 오기로 한 그 자리, 내가 미리 와 있는 이곳에서

문을 열고 들어오는 모든 사람이

너였다가

너였다가, 너일 것이었다가

다시 문이 닫힌다

사랑하는 이여

오지 않는 너를 기다리며

마침내 나는 너에게 간다

아주 먼 데서 나는 너에게 가고

아주 오랜 세월을 다하여 너는 지금 오고 있다

아주 먼 데서 지금도 천천히 오고 있는 너를

너를 기다리는 동안 나도 가고 있다

남들이 열고 들어오는 문을 통해

내 가슴에 쿵쿵거리는 모든 발자국 따라

너를 기다리는 동안 나는 너에게 가고 있다.

착어(着語): 기다림이 없는 사랑이 있으랴. 희망이 있는 한, 희망을

있게 한 절망이 있는 한. 내 가파른 삶이 무엇인가를 기다리게 한

다. 민주, 자유, 평화, 숨결 더운 사랑. 이 늙은 낱말들 앞에 기다리

기만 하는 삶은 초조하다. 기다림은 삶을 녹슬게 한다. 두부 장수

의 평경 소리가 요즘은 없어졌다. 타이탄 트럭에 채소를 싣고 온

사람이 핸드 마이크로 아침부터 떠들어 대는 소리를 나는 듣는다.

어디선가 병원에서 또 아이가 하나 태어난 모양이다. 젖소가 제

젖꼭지로 그 아이를 키우리라. 너도 이 녹 같은 기다림을 네 삶에

물들게 하리라.

안녕, 해태

졸업생을 대표하여
이예지 학생 단상 앞으로.

이 자리에 참석해 주신
내빈 여러분과
학부모님들께 감사의….

찰칵—

찰칵—

할미도 졸업한다!

하하ー

딸랑딸랑딸랑ー

어?
이 소리는?

딸랑딸랑딸랑

탁! 탁! 탁!

딸랑딸랑딸랑

어?

멈칫!

딸랑딸랑딸랑~

눈 부셔.

또구르르르르~

어? 이건
해태 이마 무늬와
같은··· 방울?

혹시····.

주르륵

번쩍

냐-

해테···.

안, 녕!
해테.

끝.

| 시인 소개 |

권대웅
1962~

1988년 『조선일보』 신춘문예에 시가 당선되며 작품 활동을 시작했다. 시집 『당나귀의 꿈』, 『조금 쓸쓸했던 생의 한때』, 『나는 누가 살다 간 여름일까』 등이 있다.

기형도
1960~1989

1985년 『동아일보』 신춘문예에 시가 당선되며 작품 활동을 시작했다. 시집 『입 속의 검은 입』이 있고, 시와 산문을 모두 엮은 『기형도 전집』이 있다.

김소월
1902~1934

1920년 『창조』에 시를 발표하며 작품 활동을 시작했다. 시집 『진달래꽃』을 냈고, 죽은 뒤에 김억이 엮은 『소월 시초』가 출간되었다.

김수영
1921~1968

1945년 『예술 부락』에 시를 발표하며 작품 활동을 시작했다. 시집 『달나라의 장난』, 『거대한 뿌리』 등이 있다.

김수영
1967~

1992년 『조선일보』 신춘문예에 시가 당선되며 작품 활동을 시작했다. 시집 『로빈슨 크루소를 생각하며, 술을』, 『오랜 밤 이야기』 등이 있다.

마종기
1939~

1959년 『현대 문학』에 시가 추천되며 작품 활동을 시작했다. 시집 『조용한 개선』, 『두 번째 겨울』, 『변경의 꽃』, 『안 보이는 사랑의 나라』, 『이슬의 눈』, 『새들의 꿈에서는 나무 냄새가 난다』, 『하늘의 맨살』 등이 있다.

마종하
1943~2009

1968년 『동아일보』 신춘문예에 시가 당선되면서 작품 활동을 시작했다. 시집 『노래하는 바다』, 『파 냄새 속에서』, 『한 바이올린 주자의 절망』, 『활주로가 있는 밤』 등이 있다.

민현숙
1958~

1989년 소년중앙문학상에 동시가 당선되며 작품 활동을 시
작했다. 동시집 『홀라후프를 돌리는 별』, 『시계가 말을 걸어
서』 등이 있다.

박노해
1957~

1983년 『시와 경제』에 시를 발표하며 작품 활동을 시작했다.
시집 『노동의 새벽』, 『참된 시작』, 『겨울이 꽃핀다』, 『그러니
그대 사라지지 말아라』 등이 있다.

신경림
1935~

1956년 『문학예술』에 시가 추천되며 작품 활동을 시작했다.
시집 『농무』, 『새재』, 『달 넘세』, 『가난한 사랑 노래』, 『뿔』, 『낙
타』, 『사진관집 이층』, 동시집 『엄마는 아무것도 모르면서』 등
이 있다.

윤동주
1917~1945

15세 때부터 시를 쓰기 시작했고 1936년 『카톨릭 소년』에 동
시를 발표하기도 했다. 일본 유학 중이던 1943년 경찰에 체포
되어 1945년 감옥에서 작고했다. 1948년 유고 시집 『하늘과
바람과 별과 시』가 출간되었다.

이상국
1946~

1976년 『심상』에 시를 발표하며 작품 활동을 시작했다. 시집
『동해별곡』, 『내일로 가는 소』, 『어느 농사꾼의 별에서』, 『뿔을
적시며』, 『달은 아직 그 달이다』 등이 있다.

이성선
1941~2001

1970년 『문화 비평』에 시를 발표하며 작품 활동을 시작했다.
시집 『시인의 병풍』, 『하늘 문을 두드리며』, 『몸은 지상에 묶
여도』, 『나의 나무가 너의 나무에게』, 『내 몸에 우주가 손을
얹었다』 등이 있다.

정현종
1939~

1965년 『현대 문학』에 시가 추천되며 작품 활동을 시작했다.
시집 『사물의 꿈』, 『나는 별 아저씨』, 『떨어져도 튀는 공처럼』,
『사랑할 시간이 많지 않다』, 『한 꽃송이』, 『세상의 나무들』,
『광휘의 속삭임』, 『그림자에 불타다』 등이 있다.

황지우
1952~

1980년 『중앙일보』 신춘문예에 입선하고 계간 『문학과 지
성』에 시를 발표하며 작품 활동을 시작했다. 『새들도 세상을
뜨는구나』, 『겨울-나무로부터 봄-나무에로』, 『게 눈 속의 연
꽃』, 『어느 날 나는 흐린 주점에 앉아 있을 거다』 등이 있다.

로버트
프로스트
1874~1963

미국의 시인. 시집 『소년의 의지』, 『보스턴의 북쪽』, 『산의 골
짜기』, 『뉴햄프셔』, 『더 먼 경계』, 『표지의 나무』, 『개척지에
서』 등이 있다.

| 작품 출처 |

권대웅   「햇빛이 말을 걸다」,『조금 쓸쓸했던 생의 한때』, 문학동네, 2003

기형도   「질투는 나의 힘」,『입 속의 검은 잎』, 문학과지성사, 1989

김소월   「초혼」,『김소월 전집』, 서울대학교출판부, 1996

김수영   「파밭 가에서」,『김수영 전집 1 – 시』, 민음사, 개정 1쇄 2003

김수영   「무지개 그림자 속을 날다」,『오랜 밤 이야기』, 창비, 2000

마종기   「비 오는 날」,『그 나라 하늘빛』, 문학과지성사, 1991

마종하   「딸을 위한 시」,『활주로가 있는 밤』, 문학동네, 1999

민현숙   「빨래집게」,『붕어빵 아저씨 결석하다』, 초록손가락 동인 엮음,
            푸른책들, 2006

박노해   「너의 하늘을 보아」,『창작과 비평』103호, 창비, 1999

신경림   「가난한 사랑 노래」,『가난한 사랑 노래』, 실천문학, 1988

윤동주   「호주머니」,『정본 윤동주 전집』, 문학과지성사, 2004

이상국   「봄 나무」,『어느 농사꾼의 별에서』, 창비, 2014

이성선   「사랑하는 별 하나」,『이성선 시 전집』, 시와시학, 2005

지은이 모름 「말하기 좋다 하고」,『정본 시조 대전』, 일조각, 1984

지은이 모름 「두꺼비 파리를 물고」,『한국 고전 시가선』, 임형택·고미숙 엮음, 창비, 1997

정현종   「비스듬히」,『견딜 수 없네』, 문학과지성사, 2013

황지우   「너를 기다리는 동안」,『게 눈 속의 연꽃』, 문학과지성사, 1990

로버트   「걸어 보지 못한 길」,『불과 얼음』, 정현종 옮김, 민음사, 2판 1쇄 1995
프로스트

| 수록 교과서 |

지은이	작품명	수록 중학교 국어 교과서(2015 개정)
권대웅	「햇빛이 말을 걸다」	금성(류수열) 3-1
기형도	「질투는 나의 힘」	교과서 밖의 시
김소월	「초혼」	교과서 밖의 시
김수영	「파밭 가에서」	교학사(남미영) 2-1
김수영	「무지개 그림자 속을 날다」	교과서 밖의 시
마종기	「비 오는 날」	교과서 밖의 시
마종하	「딸을 위한 시」	지학사(이삼형) 3-1
민현숙	「빨래집게」	교과서 밖의 시
박노해	「너의 하늘을 보아」	교과서 밖의 시
신경림	「가난한 사랑 노래」	천재(노미숙) 3-1, 금성(류수열) 3-2
윤동주	「호주머니」	교과서 밖의 시
이상국	「봄 나무」	천재(노미숙) 3-1
이성선	「사랑하는 별 하나」	교과서 밖의 시
지은이 모름	「말하기 좋다 하고」	교과서 밖의 시
지은이 모름	「두꺼비 파리를 물고」	미래엔(신유식) 2-1, 비상(김진수) 2-1
정현종	「비스듬히」	동아(이은영) 3-2
황지우	「너를 기다리는 동안」	교과서 밖의 시
로버트 프로스트	「걸어 보지 못한 길」	교과서 밖의 시

청소년 마음 시툰

안녕, 해태 3

초판 1쇄 발행 • 2019년 12월 12일
초판 5쇄 발행 • 2022년 12월 6일

글그림 • 싱고(신미나)
펴낸이 • 강일우
편집 • 서영희
디자인 • 김선미 장민정
조판 • 이주니
펴낸곳 • (주)창비교육
등록 • 2014년 6월 20일 제2014-000183호
주소 • 04004 서울특별시 마포구 월드컵로12길 7
전화 • 1833-7247
팩스 • 영업 070-4838-4938 / 편집 02-6949-0953
홈페이지 • www.changbiedu.com
전자우편 • textbook@changbi.com

ⓒ 신미나 2019
ISBN 979-11-89228-76-7 44810
ISBN 979-11-89228-73-6 (세트)

* 한국만화영상진흥원 2019 연재만화 제작 지원 사업에 선정된 작품입니다.
* 이 책 내용의 전부 또는 일부를 재사용하려면
  반드시 저작권자와 (주)창비교육 양측의 동의를 받아야 합니다.
* 책값은 뒤표지에 표시되어 있습니다.